RAPPORT

SUR LE

CONCOURS DE POÉSIE

DE 1860

PAR

M. J.-C. DABAS

Doyen de la Faculté des lettres, et membre de l'Académie de Bordeaux.

Extrait des Actes de l'Académie impériale des Sciences, Belles-Lettres et Arts de Bordeaux.

BORDEAUX

IMPRIMERIE G. GOUNOUILHOU
RUE GUIRAUDE, 11

—

1861

RAPPORT

SUR LE

CONCOURS DE POÉSIE DE 1860

AU NOM D'UNE COMMISSION

composée de

MM, GOUT DESMARTRES, Jules DE GERES, et DABAS
rapporteur.

———

MESSIEURS,

Organe prosaïque d'une commission dans laquelle se trouvaient deux poètes, et chargé par elle de vous rendre compte de notre dernier concours de poésie, je dois peut-être ce périlleux honneur à ma position neutre de simple critique, ou, comme les anciens disaient, de *grammairien*.

Un grammairien entre deux poètes, c'est, en pareil cas, un bouclier ou un paratonnerre. « La gent qui versifie, » vous disait, il n'y a pas si longtemps et à cette place, un homme qui la connaît bien, un de nos poètes les plus aimés et de nos meilleurs juges ([1]), « la gent qui versifie est présomptueuse, irritable et prompte dans son amour-propre à prendre feu. J'en ai fait l'expérience. » Et il ajoutait que la preuve la plus certaine qu'il pût donner de son dévouement à l'Académie,

___

([1]) M. Hipp. Minier, dans son Rapport sur le Concours de 1857, c'était d'avoir accepté, deux ans de suite, la charge de ce Rapport. Bel exemple, en effet, de son courage civil. Eh bien ! me voici à mon tour, moi chétif, prêt à recevoir les traits et à soutirer la foudre. J'ai peut-être quelqu'une des qualités de l'emploi ; car je me sens la dureté de l'enclume et la roideur de la tige de fer. Quoi qu'il en soit, ils ne diront pas que je suis un rival : je ne fais pas leur métier. Ils diront, s'ils veulent, que je suis un envieux. Soit ! Nos Homères méconnus auront la consolation de me traiter de Zoïle.

Un grammairien jouit d'un autre avantage encore : c'est d'être un porte-respect, disons le mot, un épouvantail pour tant d'oiseaux pillards et babillards qui aiment à jaser et à becqueter dans le jardin des Muses. Les poètes, eux, ne font jamais grand'peur : ils ont le sourire trop accueillant, et leurs mains sont toujours pleines de grâces comme de trésors. Accoutumés à recevoir des couronnes, ils les donnent aussi volontiers qu'ils les acceptent. Leur langage même est une séduction, une piperie ; ils chantent si naturellement et si bien, que le dernier des oisillons du Parnasse se croit de force à les égaler :

> Speret idem, sudet multum, frustra que laboret
> Ausus idem...

Mais le critique, mais le grammairien, oh ! le monstre ! Il a la voix sèche et rude, le front sourcilleux, la mine rébarbative. On ne se le représente qu'armé d'un fouet, comme celui qu'on surnomma l'*Homéromastix* ([1]), ou flanqué d'une paire de férules, comme Orbilius, ce maître fouetteur du jeune Horace. Sa chanson, sempiternelle chanson, c'est le goût, la règle, les lois du langage, l'accord de la raison et de la rime. Il aboie comme un cerbère à tous les génies suspects ; il ne cesse de

---

([1]) *Le fouet d'Homère*, surnom donné à Zoïle.

leur crier avec ce pauvre homme de Boileau, qui, entre nous,
n'était qu'un cuistre :

> Surtout qu'en vos écrits la langue révérée,
> DANS VOS PLUS GRANDS EXCÈS vous soit toujours sacrée.

Loin de moi, pourtant, la pensée de grossir ma voix pour
mettre en fuite la troupe des chanteurs! Je ne me pardonne-
rais pas d'intimider le rossignol ou d'effrayer la fauvette.
Qu'ils approchent sans crainte de nos bosquets académiques,
ils y trouveront toujours de l'ombrage et des eaux vives, le
silence qui sait écouter, et, après leurs chansons finies, les
applaudissements discrets de l'admiration. Mais si, par une
attitude seulement inquiétante, il y avait moyen de chasser
de nos vergers la tribu toujours trop nombreuse des moineaux
francs et des friquets, devrait-on beaucoup le regretter? Si au
lieu d'une pluie de quatre-vingt-quinze bouquets fort mêlés
qui a fondu sur elle, l'Académie n'eût reçu que l'hommage de
trente ou quarante fleurs délicatement choisies, qu'elle eût
aimé à respirer, où serait, je vous prie, le malheur? Je ne
sais si le public aurait son compte; mais vos rapporteurs,
Messieurs, y auraient trouvé le leur, et ne s'en plain-
draient pas.

Je dis donc que l'Académie a reçu cette année, en dix-sept
envois, pièces ou recueils, un total de quatre-vingt-quinze
poëmes de toutes les couleurs et de toutes les formes. Il y a
dans le nombre un drame en trois actes et un petit roman-
journal. Ce ne sont pas les plus longs, parce que la longueur
d'une œuvre poétique ne se mesure pas à son étendue. D'ailleurs, beaucoup de nos pièces n'ont qu'un petit nombre de
pages. C'est quelquefois leur seule brièveté. J'ai sous la main
un gros recueil qui contient à lui seul cinquante et un de
ces morceaux.

Enregistrons seulement, pour mémoire, les œuvres mal venues qui ne doivent pas vivre, ou plutôt ensevelissons avec décence, mais sans pompe, ces enfants mort-nés qui n'auront pas d'état-civil, et que leurs pères n'avoueront pas.

Sous le n° 20 bis, un recueil de trois pièces : *Système planétaire, Émigration des campagnes, Felix qui potuit,* etc. Badinages innocents d'un versificateur très-novice.

Sans numéro, une pièce intitulée *la Fée, tirée d'un poëme entièrement inédit,* et qui fera sagement de rester inédit.

Sous le n° 348, deux pièces : *Un esprit s'arrêtait* et *Stances à l'Italie,* efforts d'une jeune muse qui *voudrait voler,* mais qui doit attendre que les ailes lui poussent.

Sous le n° 350, sept morceaux, dont un poëme élégiaque intitulé *Pauline,* avec cette épigraphe : *Mes vers sont l'écho de mon cœur.* Nous croyons que l'auteur se trompe : son cœur vaut beaucoup mieux que ses vers, écho infidèle.

Les vaincus de Castelfidardo : c'est une pièce dont on ne peut guère louer que l'intention et les nobles sentiments. Le style en est assez correct, mais faible. Point d'énergie, point de chaleur. Cependant, quelques bons vers.

Une voix d'outre-tombe, œuvre défectueuse et dans son ensemble médiocre, mais déjà très-supérieure aux précédentes, et qui accuse du moins l'habitude d'écrire en vers. On y remarque de la facilité, de l'harmonie et quelques accents partis du cœur. Mais, jeune homme, soignez votre style. Prenez garde aux expressions impropres, barbares ou triviales. Ne nous parlez plus du vent qui *vagit un de profundis,* des *bras mi-rongés de vers,* du *trou solitaire* où gisent les vieux ossements. Évitez surtout des fautes telles que celles-ci :

> J'écoutais, quand soudain un *flot de lueur rouge*
> *Filtra* des fentes d'un tombeau.

L'*Hymne philosophique* est plutôt une rêverie qu'un

hymne, et une rêverie vague, indécise, qui flotte et va se perdre dans les nuages de l'idéal, sous le ciel de l'infini. L'obscurité de l'expression y double celle de la pensée. Ténèbres sur ténèbres. Avec cela, l'auteur paraît un homme habile; il a de la facture et du métier. Nous le croyons capable de prendre un jour sa revanche.

Après ces ébauches plus ou moins informes, nous arrivons à des œuvres plus méritoires, que nous tâcherons d'énumérer dans un ordre ascendant. Ici va commencer la série des citations académiques :

La Paix, idylle un peu languissante et sans grande inspiration, mais sagement composée, offre du moins d'assez bonnes parties et quelques beautés vraiment poétiques. Le style en est mou et diffus; mais au milieu de ces vers trop généralement flasques, on en distingue qui ne manquent pas de vigueur; ceux-ci par exemple :

> La pauvre humanité de *sa sagesse* est fière.
> Nous nous proclamons fils d'un siècle de lumière.
> Le progrès, disons-nous, *règne en son char de feu,*
> Et la raison du temple a voulu chasser Dieu.
> Délire, vanité, mirage de paroles!
> Nous encensons toujours de brutales idoles.
> Sur un mot, sur un signe, ainsi que des *taureaux,*
> Se heurtent, furieux, de superbes *rivaux.*
> Comme aux âges d'airain, les combats sont des fêtes;
> L'aigre accord du clairon tourne toutes les têtes.
> *On voit vers* le couteau les victimes courir,
> Et saluer César avant d'aller mourir.

Un peu plus loin, je détache un beau vers, un vers plein de sens et frappé comme une médaille :

> Jamais un roi-soldat ne fit un peuple libre.

La médaille, malheureusement, a son revers; mais celui

qui a su fabriquer un si bon moule voudra s'en servir encore. Qu'il travaille donc à condenser sa pensée, à serrer ses vers, à choisir et à châtier ses expressions. Qu'il ne se permette plus surtout des hémistiches, des mots et des rimes tels que ceux-ci *(horresco referens)* :

> Non ; sans fruit les sillons *s'engorgent, obstrués*
> Par le casque et la lance et *la chair des tués,*

Croquis, recueil de huit pièces dédiées à la mémoire de notre ancien et regretté collègue M. Durand.

Nous aurions voulu que l'auteur fût encore mieux inspiré par la reconnaissance, et que sa pieuse pensée lui portât tout à fait bonheur ; car, il faut bien le dire, la plupart de ses pièces sont faibles. La donnée en est généralement commune et la forme quelquefois incorrecte.

Toutefois, Messieurs, votre commission a distingué comme assez originale la *Fable du Grillon et de la Femme du ver luisant ;* puis la ballade russe de *Sveltana,* dont le mouvement est musical ; l'épigraphe qui est gentiment faite, et surtout les *Bruits du printemps,* petite pièce qui a non-seulement de la pureté, mais de l'élégance. Citons d'abord l'épigraphe :

> Un humble ménestrel, de dame Académie
> Réclame asile et doux accueil.
> Il porte ses couleurs... Qu'elle lui soit amie
> Et le regarde de bon œil !

> Pour elle il a cueilli fleurs et chansons nouvelles,
> Fleurs de printemps, chansons d'amour ;
> Mais ne sait point si sont rares et belles.
> Ne le saura qu'à son retour !

Voici maintenant les *Bruits du printemps :*

Bruits du printemps.

Un souffle tiède et doux caresse le feuillage...
    Sans craindre encor chiens ni chasseurs,
Les folâtres chevreuils s'ébattent sous l'ombrage;
    L'aubépine *épand* ses odeurs.

Dans son nid balancé par la brise légère,
    L'oiseau fredonne ses chansons;
Le ruisseau gazouilleur fait courir son eau claire
    A l'ombre fraîche des buissons;

Les petits grillons noirs, couchés dans la prairie,
    Craintifs, *susurrent* doucement;
L'abeille blonde vole, et sur l'herbe fleurie
    Cueille son miel en bourdonnant.

Au sommet des grands pins gémit la tourterelle,
    Bulbul égaie le bosquet,
Dans le lac transparent se baigne la sarcelle,
    Jetant au vent son vif caquet.

Tout est bonheur et bruit... en moi tout est silence.
    Jadis, pourtant, mon cœur chantait;
Mais il avait seize ans, — l'âge de l'espérance!
    J'ai vu mourir... Mon cœur se tait.

Rien dans tout cela de bien neuf : ce n'est qu'un lieu commun poétique, mais il est habilement traité. Les vers en sont très-faciles, et le trait final heureux. A peine la critique a-t-elle à relever quelques taches : je me contente de souligner le mot *épand*, qui me paraît impropre, et le mot *susurrent*, qui sent peut-être un peu son Ronsard parlant latin en français.

Rimes d'Album. Encore un petit recueil qui n'a pas une haute valeur, mais dont le titre est modeste et sans prétention. Ce qui lui assure une certaine supériorité sur les *Croquis*, c'est que le goût en est plus sûr et la correction généralement plus grande. D'ailleurs ce sont à peu près les mêmes qualités que dans les *Bruits du printemps :* pureté, élégance et fraîcheur, avec une pointe de sensibilité et de mélancolie. L'auteur est fidèle à la devise de Claude de France, qui lui sert d'épigraphe : *Candida candidis.*

Ses vers les moins communs se rencontrent peut-être dans la pièce des *Deux couronnes;* mais elle n'est pas la plus soignée. Donnons plutôt, comme mieux réussie, la petite pièce suivante, qu'on pourrait appeler *la symbolique des fleurs :*

> Oh! ne prenons pas pour symbole
> Les rameaux éplorés du saule,
> Que le moindre vent fait gémir,
> Ni la blanche et frêle églantine,
> Qui le long des sentiers s'incline
> Pour les parfumer et mourir!
>
> Ni la marguerite trompeuse,
> Ni la rose, reine orgueilleuse,
> Ni le bluet, saphir des champs,
> Ni le fragile chèvre-feuille,
> Ni la primevère, qu'effeuille
> Le premier souffle des autans!
>
> Ni la belle fleur du poète,
> Dont la *pourpre* et royale tête
> Donne des parfums dangereux,
> Ni la giroflée enivrante,
> Ni la pâle fleur de l'acanthe,
> Ni l'oranger voluptueux!
>
> Il est une fleur qu'on oublie...
> Que ce soit elle qui nous lie.
> Eh! qu'importe son humble nom?
> Le bonheur est pour qui se cache...
> « *Je meurs toujours où je m'attache!* »
> C'est l'emblème du liseron.

Il est fâcheux que l'auteur se trompe : la devise qu'il choisit n'est pas celle du liseron, mais celle du lierre. A cette faute près, et à une autre encore, le mot *pourpre* employé adjectivement, au lieu de *pourprée*, ses vers sont jolis et tournés avec grâce.

Voici le gros recueil dont j'ai déjà fait mention : il est le plus volumineux du concours, et si la récompense était due à la peine que le travail a coûté, celui-ci aurait droit à un prix, sans conteste. La citation académique est néanmoins suffisante pour les cinquante et une pièces qui composent *les Étapes de la vie.*

Les Étapes de la vie! Le titre nous paraît heureux et bien trouvé, pour représenter surtout les différentes haltes d'une vie quelque peu militante; car l'auteur, quoique très-jeune encore, a servi (c'est lui-même qui nous l'apprend), d'abord sous le drapeau des passions, où la jeunesse s'enrôle en volontaire; puis sous ceux de l'art et de la Muse, qu'il n'a pas désertés; enfin, comme chirurgien de marine, dans l'utile régiment d'Esculape. J'allais oublier qu'aujourd'hui qu'il fait partie de la réserve, il se considère toujours comme un *soldat de l'idée.* De là, sous ce titre ingénieux, une subdivision non moins ingénieuse en cinq étapes : *A travers les fleurs, illusions; A travers les pleurs, désenchantements; Sur les hauteurs, art et liberté; Entre-deux lames, voyages et batailles; Au foyer domestique.*

Ces enseignes nous avaient alléché. Nous rêvions un poëme biologique embrassant, dans une vaste unité, les mille épisodes d'une vie romanesque et aventureuse. Hélas! nous n'avons rencontré que des feuillets primitivement épars, rassemblés et classés suivant l'analogie des sentiments et des sujets. Point de poëme, point de roman : première déception !

Si du moins chacune de ces pièces fugitives nous eût révélé un talent original et pur, leur valeur intrinsèque nous eût un

peu consolé de notre désappointement. Mais hélas! encore.
Expliquons ce dernier regret.

L'auteur des *Étapes* n'est pas, il s'en faut bien, sans talent et sans esprit : il a le sentiment poétique et de l'adresse,
des procédés, un certain art enfin; il rencontre quelquefois
des veines, et bon nombre de vers heureux, faciles, délicats.
Mais d'abord il a peu de spontanéité et d'invention; s'il a
beaucoup écrit, c'est qu'il a beaucoup lu, et *qui a beaucoup
lu peut avoir beaucoup retenu.* Il cultive donc le pastiche,
pastiche de Victor Hugo, pastiche de Béranger, pastiche surtout
d'Alfred de Musset. Ensuite, il manque de goût, et si l'on
peut citer de lui bien des passages, il ne serait guère possi-
ble de lui emprunter une seule pièce : il ne sait pas mieux
se soutenir que se borner. Pour ce qui est du style, de la
rime et de la mesure même, je ne veux pas abuser contre lui
de son épigraphe :

Quæ que ipse miserrima scripsi...

Mais il est de fait qu'il ne sait pas se garder des expressions
impropres, des alliances de mots forcées, de l'incohérence des
métaphores, du barbarisme, du solécisme, des mauvaises rimes, de l'inexactitude dans la numération des syllabes.

Si je voulais m'attacher au fond, j'aurais bien d'autres re-
proches à lui faire : il ne hait pas assez les banalités, les fa-
deurs, l'enflure; il traite vingt fois le même sujet; il abuse du
genre érotique. Avec des sentiments honnêtes et des aspirations
généreuses, il tombe dans des contradictions qui nous feraient
croire que, dupe des mots, il ne s'entend pas toujours bien lui-
même. C'est ainsi que dans sa pièce intitulée *Réalisme et
Poésie,* il lui arrive de confondre en une association étrange
les *positivistes* et les *trappistes,* les *réalistes* et *Tartufe!*...

Que nous restera-t-il, ô grands positivistes!
Quand vous aurez frappé l'enthousiasme au cœur?

Au lieu d'hommes, bientôt nous aurons des trappistes,
Des femmes sans amour, un soleil sans chaleur.

Et plus haut, à l'adresse des mêmes gens, c'est-à-dire des ennemis de la poésie et de l'*idée* :

Si Pradier fait sortir du marbre de Blanduse,
Vénus avec orgueil montrant sa nudité,
Tartufe s'effarouche, et sa pudeur l'accuse ;
Car il faut aujourd'hui vêtir la vérité.

Se peut-il que la rime et la manie de contrefaire Alfred de Musset égarent à ce point un esprit honnête et qui a tout au moins du sens? Voyons, champion de *l'idée!* si les trappistes, qu'il faudrait savoir respecter, ne sont plus aujourd'hui des hommes, que sont-ils, et depuis quand le renoncement à toutes les jouissances d'ici-bas fait-il partie de l'évangile de M. Achille Comte? — Quant à Tartuffe, je ne sais, en vérité, si le moment est bien choisi pour crier haro sur lui, *le pauvre homme!* et pour trouver que les Grâces sont trop vêtues dans ce siècle de scandaleuse pornographie. Mais qui sont-ils les gens qui veulent habiller Vénus? Des trappistes? peut-être ; mais des réalistes? non vraiment : on les calomnie.

Si avec tant de défauts l'auteur des *Étapes* a pu encore obtenir un rang honorable dans ce concours, c'est, je le répète, qu'il a de l'esprit, du *faire*, beaucoup de facilité, quelque verve, et qu'en somme il réussit par moments.

Ici, c'est une pièce intitulée *Nuit d'été*, dont on peut citer les deux tiers; là ce sont quelques passages des *Chercheurs d'or*, de la *Lampe éteinte* ou des *Nuits lumineuses*, que l'on voudrait pouvoir détacher. Plus loin, l'œil du lecteur s'arrête avec quelque plaisir sur les détails de *la Croisière*, sur le tableau de *la Charité dans le deuil*, sur les *Consolations à un jeune médecin de campagne : Croire, c'est vivre*, etc... Prenons la *Nuit d'été* :

Nuit d'été.

Le soleil avait fui, l'éternelle nature
Aux premiers jours de juin souriait tout en fleurs,
Et le vent frais du soir, caressant la verdure,
Semait dans les vallons d'odorantes vapeurs.
J'étais seul, égaré sous un épais feuillage,
Couché sur un gazon que la lune argentait.
Des grappes de lilas tombaient sur mon visage,
Seul, parmi les oiseaux, le rossignol chantait.

Splendeurs des nuits d'été, solitudes vivantes,
Dôme étoilé des cieux, forêts vierges des monts,
Légers brouillards du lac, dont les formes errantes
Courent le long des prés, à tous les horizons ;
Parfum des églantiers mêlés à l'aubépine,
Murmures confondus de la terre et des eaux,
Dernier chant du berger jeté sur la colline
Et que l'écho reprend de coteaux en coteaux ;
Divins embrassements du ciel et de la terre !
C'est au milieu des bois, loin du bruit des cités,
Que vous parlez au cœur sans gêne et sans mystère,
Et que l'espoir sourit *à ses déshérités...*

Je m'arrête, car les fautes commencent, et le reste nous gâterait singulièrement ce joli morceau.

C'est au foyer domestique, maintenant, que j'attends le poète : il a su lui inspirer déjà quelques vers touchants, et il saura bien lui en inspirer d'autres. Le foyer domestique est un bon conseiller : il épure les affections, il affermit les croyances, il mûrit la réflexion et le jugement. Ce n'est pas une raison pour qu'il éteigne la verve ; loin de là ! il la sert, s'il réussit à la régler et à lui donner un meilleur cours. — Les devoirs d'état eux-mêmes et les exigences de la profession ne sont pas toujours un obstacle : plusieurs en ont fait l'expérience. On peut être praticien et poète : Esculape était fils d'Apollon, qui lui-même était médecin.

Au-dessus des *Étapes de la vie,* je placerai un recueil beaucoup plus mince et composé seulement de quatre pièces : *Voyageur, Juin, Le Charbonnier, En automne.* Il ne révèle pas seulement de la facilité et de l'élégance; on y trouve du mouvement, de la vie et du trait : on y sent parfois respirer le vrai poète. Par malheur, les négligences n'y sont pas rares, et quoiqu'elles ne soient pas à comparer avec celles du précédent, elles ne laissent pas de nuire beaucoup à l'ensemble de l'œuvre.

Comme exemple de simplicité et de naturel, nous citerons cet appel des lavandières à un voyageur que l'amour exile, et qui, fatigué de marcher dans une route poudreuse, à un soleil de midi, s'arrête un instant près de leur lavoir :

> Étranger, triste et seul, qui marches sur la route,
> Viens près de nous t'asseoir; viens près de nous, écoute !
> Nous te voyons penché sur ton bâton de houx.
> Où vas-tu? d'où viens-tu? Voyageur, réponds-nous !
> Pour t'en aller ainsi, pour quitter ton village,
> Tu n'as donc pas, là-bas, un nid dans le feuillage?
> Un toit où l'hirondelle au printemps sait venir? ·
> Tu n'as donc pas, là-bas, quelque doux souvenir?
>
> Quand tu voulus partir, au seuil de ta chaumière
> Ta mère dut pleurer; à sa sainte prière,
> Tu n'as donc pas courbé ton front sous son baiser?
> Ton père t'a maudit? reviens pour l'apaiser !
> ·

Leur douce chanson se prolonge et finit par ce dernier trait :

> Au pays d'où tu viens, le cœur est-il fermé?
> Pour t'en aller ainsi, tu n'as donc pas aimé?
>
> Elles chantaient; et lui, comme dans un mirage,
> Revoyait sa chaumière et son pauvre village,
> Ses amours d'autrefois, son printemps envolé;
> Et dans ses yeux rêveurs des pleurs avaient brillé !
> Ivre de souvenirs, de senteurs printanières,

Il mêle alors sa voix aux voix des lavandières :
Au pays d'où je viens, le cœur n'est pas fermé !
Si je m'en vais ainsi, c'est que j'ai trop aimé !

La vie et le mouvement sont plus sensibles dans la pièce intitulée *Juin*. Nous aimerions à la citer, si elle n'était trop parsemée de taches et d'un tour quelque peu obscur.

Terminons donc par quelques couplets du *Charbonnier*, qui débute heureusement et sur ce ton allègre :

Dans mon taudis fait de branches tressées,
Sous un vieux chêne, au bord d'un frais ruisseau,
J'ai le bonheur...

mais qui ne se soutient pas et faiblit trop vite, pour se relever, il est vrai. — Dans son ensemble, c'est une bonne chanson, dont il faut louer sans réserve le tour et le mouvement, avec réserve le style :

L'amour n'a pas redouté ma cabane,
Mon pain bien dur, mon pauvre lit de joncs ;
Et plus d'un roi m'eût envié ma Jeanne,
Et ses yeux bleus et ses grands cheveux blonds.
Elle n'est pas de beaux atours parée,
Mais à son cœur je puis me confier,
Et comme moi, — fière, heureuse, *adorée,*
Elle a la foi... la foi du charbonnier.

Je suis bien noir, et ma Jeannette est blanche
Comme la neige, en hiver, sur nos monts ;
Mais elle en rit ! Sans attendre au dimanche,
Ses doux baisers affrontent *mes charbons.*
Chaque an nouveau s'accroît la maisonnée :
Filles, garçons que j'entends babiller,
Pour toute dot vous aurez ma cognée
Avec ma foi... la foi du charbonnier.

Il est venu bien des gens de la ville :
Ils m'ont parlé de nos droits méconnus,
De mes sueurs, de mon travail servile,

De mes enfants qui marchent les pieds nus...
Ils me disaient : Puisque Dieu vous oublie,
Le peuple est fort, quand il veut essayer ! —
J'ai répondu : Gardez votre folie;
Moi, j'ai la foi... la foi du charbonnier.

Quand la fumée en spirales s'élance
De mes grands tas de bois et de gazon,
Dans la forêt je fredonne, et je pense
A Jeanne, à ceux qui gardent (¹) la maison.
Puis vers le ciel, en qui toujours j'espère,
Tournant les yeux, je me mets à prier :
Bénissez-nous, ô mon Dieu ! notre père,
Car j'ai la foi... la foi du charbonnier.

La citation académique est justifiée, je pense. Le nombre des négligences et des fautes que contient ce petit recueil a seul empêché, Messieurs, votre commission de vous proposer une récompense plus élevée.

On pourrait désirer plus de perfection aussi à une petite composition intitulée *La Croix du chemin,* qui, envoyée seule au concours, a paru cependant mériter une seconde mention honorable. Ce n'est qu'une légende fort simple, en forme de ballade, mais qui a le véritable mouvement de la ballade. On peut lui reprocher un peu de longueur, quelques endroits faibles et languissants. On ne peut lui refuser un tour heureux, de la vivacité, du trait, et un refrain généralement bien ramené. Choisissons en analysant, pour ne pas fatiguer l'auditoire :

La Croix du chemin.

La croix brille dans la campagne,
Sur le sommet des vieilles tours,
Dans les cités, sur la montagne,
Au coin des sombres carrefours,

(¹) Je me suis permis de corriger légèrement un hémistiche qui faisait tache. L'auteur avait écrit : à ceux qui sont à la maison.

Parmi la grande herbe sauvage,
Dans l'enclos du sommeil sans fin,
Et puis à l'endroit du village
Que marque un quadruple chemin.

Depuis qu'un Dieu sur le Calvaire
A de son sang taché la croix,
Du pâtre elle orne la chaumière
Et couronne le front des rois.
Tel qui dans le temple l'outrage
Est fier de la voir sur son sein. —
Vous qui passez par le village,
Saluez la croix du chemin.

Saluez-la, pour qu'elle donne
Fruits au verger, grains aux épis,
Miel à l'abeille qui bourdonne,
Laine abondante à vos brebis ;
Qu'elle écarte de vous l'orage,
S'il murmure dans le lointain. —
Vous qui passez par le village,
Saluez la croix du chemin.

Après ce préambule vient la légende : c'est le récit d'une
insulte odieuse faite à la Croix par un grand seigneur, baron
de haut lignage :

... Noble et puissant bandit,
Que sa mère, une sainte femme,
En expirant avait maudit.

Sire Évrard, nous dit la légende,
Revenait de la chasse un soir.
Rien sur le mont, rien dans la lande,
Et rien dans le champ de blé noir.
Il est sombre... sur son passage
Il rencontre l'arbre divin. —
Vous qui passez par le village,
Saluez la croix du chemin.

La colère en son cœur s'allume,
Son œil noir s'injecte de sang,

Son sein bat et sa bouche écume :
« Si c'était toi, dit-il, brigand,
» Qui, par un affreux badinage,
» As trompé mon pied et ma main ! »—
Vous qui passez par le village,
Saluez la croix du chemin.

Il reprend : « Tu ne veux dire?
» J'ai de quoi te faire parler ! »
. . . .

Alors une horrible idée, soufflée par Satan, passe par ce cerveau en délire :

Son arquebuse est bientôt prête,
Le plomb dans l'arme a retenti.
Que vas-tu faire? Arrête! arrête!
Il vise... le coup est parti.
Deux balles de la sainte image
Vinrent frapper les flancs soudain. —
Vous qui passez par le village,
Saluez la croix du chemin.

O prodige !... ce Christ sans vie
Sur ce vieux tronc mort s'agita,
Et parut souffrir l'agonie
Déjà soufferte au Golgotha.
Des pleurs de sang sur son visage
Coulèrent de ses yeux d'airain. —
Vous qui passez par le village,
Saluez la croix du chemin.

Cependant le crime est aussitôt suivi du châtiment. La terre s'entr'ouvre, le chasseur s'y enfonce comme dans un marécage, et l'y voilà enterré jusqu'à la ceinture, dans l'attitude du déicide. On essaie de le délivrer par des prières :

Eau bénite, neuvaine, cierge,
Rien n'y fit. Le prêtre implora
Les saints, les apôtres, la Vierge.

Dieu fut sourd... mais Évrard pleura.
Le repentir, — heureux présage! —
Avait mordu ce cœur hautain... —
Vous qui passez, etc.

Le pardon n'a jamais manqué au repentir. Un vieux moine qu'Évrard avait frappé d'un bâton, vient demander sa grâce et le réconcilie avec Dieu. Le pécheur se convertit, affranchit ses serfs et laisse une partie de ses biens à l'Église :

Les larmes du Sauveur germèrent :
Là bientôt un chêne grandit;
Les oiseaux du ciel y chantèrent,
Et le pâtre y fait ce récit.
Au pied de ce Christ, son feuillage
Offre de l'ombre au pèlerin. —
Si vous passez par le village,
Saluez la croix du chemin.

Nous passons à une poésie d'un ton plus élevé, qui fait parler un roi des temps bibliques : *Le roi Séphar, à ses sujets construisant la tour de Babel.*

Ce n'est pas moins qu'une ode un peu longue, parfois un peu gonflée, mais qui a de l'ampleur, de l'éclat, et dont la facture est très-savante. Le rhythme en est habilement varié et le style n'y manque pas de couleur. Il est fâcheux qu'elle fatigue, lorsqu'on veut la lire d'un bout à l'autre, par des redites et par une accumulation de mots ambitieux ou de constructions laborieuses. On dirait que l'auteur s'est plu à les entasser les unes sur les autres, comme les assises de la tour qu'il décrit. Une tendance à l'emphase, une tension trop constante, voilà son principal défaut, et il amène quelquefois un peu d'obscurité.

D'ailleurs, on y sent du souffle et un véritable talent. Vous allez en juger, Messieurs, par quelques extraits :

Le roi Sépbar à ses sujets construisant la tour de Babel.

Enfin, il est sorti du giron de la terre
Cet arbre monstrueux aux racines de pierre,
Qui dans le sol creusé mordent profondément!
Du monument altier qui doit percer les nues,
Vous n'ébranlerez pas, puissances inconnues,
        L'impérissable fondement.

. . . .
. . . .

Nous n'avons pas voulu, monts blanchis par les âges,
Sur vos sommets hardis, d'où tombent les orages,
Poser de notre tour le sublime berceau;
Vous que du firmament couvre la vaste coupe,
Vous n'avez pas encore une assez large croupe
        Pour supporter un tel fardeau.

. . . .
. . . .
. . . .

Pour contenir sa base ouvrant tes plis de sable,
Toi seule tu pouvais, plaine incommensurable,
        Servir de trône à sa grandeur.

      Tu ne seras pas comme l'arche,
      Fragile nef aux murs de bois,
      Où Noé, le vieux patriarche,
      S'abritant sous d'humides toits,
      Abandonnait la race humaine
      Au Dieu qui punit les pervers,
      Et sur la mugissante plaine
      De la mer *au vaste domaine*,
      Et ses abîmes entr'ouverts,
      Arrachait sa famille à peine
      Au naufrage de l'univers.
      Par delà le vol des tempêtes,
      Tour plus forte que mille tours,
      Des palmiers aux superbes têtes
      Ombrageront tes verts contours,

Et, fussent-elles plus nombreuses,
Forêts, que vos dômes tremblants,
Lacs, que vos ondes poissonneuses,
Déserts, que vos *crêtes* poudreuses,
Ciel, que tes feux étincelants,
Des hommes les tribus nombreuses
Trouveront asile en tes flancs.

. . . .
. . . .
. . . .

Monte, interminable colonne,
Avec nos bras envahisseurs;
Le grand ciel sera ta couronne,
Les étoiles seront tes sœurs.

A la fin, l'orgueil humain arrivé à son comble, brave Dieu lui-même en grands vers alexandrins, dont quelques-uns sont fort beaux et paraîtraient plus beaux encore s'ils n'étaient gâtés par leur entourage :

Maîtres du globe entier, nous le serons des cieux !
Ce Dieu si redouté, qui, créateur du monde,
Tient, dit-on, l'univers en sa droite profonde,
Pourra-t-il désormais, *impuissant* contre nous,
Nous faire devant lui ployer les deux genoux?
. . . .
Jusques au firmament notre route est tracée.
Dans notre œuvre vivra notre forte pensée.
Dût son bras menaçant contre nous se roidir,
Sans relâche, sans trève, il la verra grandir.
Notre orgueil montera plus haut que sa puissance,
Et nous irons, soustraits à son obéissance,
Voir en quel coin du ciel et de l'immensité
Se cachent sa grandeur et son éternité.

Vous ne penserez sans doute pas, Messieurs, que ce soit trop d'une première mention honorable pour une composition qui renferme de pareils vers. Celui qui les a su trouver est capable d'achever un ouvrage qui lui ferait encore plus d'honneur. Qu'il travaille donc à mûrir sa pensée, à châtier son style, à émonder le luxe de cette végétation inutile qui fait tort à sa sève; et que, prenant garde aussi au nombre convenu des syllabes qui composent les mots, il ne laisse plus échapper des vers tels que le suivant :

Qui *fouettent* des mers les flots tumultueux.

Votre commission propose une autre mention honorable de la même valeur pour *Madeleine,* journal d'une jeune fille, portant pour épigraphe ce vers de Victor Hugo :

Oh! n'insultez jamais une femme qui tombe!

C'est, sous la forme d'un *journal,* c'est-à-dire d'une relation écrite jour par jour, un petit roman et tout ensemble un monologue qui a de l'intérêt, du mouvement, du pathétique, et qui provoque souvent l'attendrissement du lecteur. Il est plein de vérités de détail; il accuse une connaissance réelle du cœur humain; il renferme une foule de vers bien faits et concis. Quel dommage que les beautés en soient gâtées par de si grandes faiblesses, par de si impardonnables négligences, et qu'en visant à être simple, comme il l'est en bien des endroits, l'auteur ait pris souvent le trivial et le bas pour le familier! N'importe : tous ces défauts ne nous ont pas fermé les yeux sur une foule de vers charmants, émus et véritablement dramatiques.

L'invention y est nulle et la donnée vulgaire : c'est une jeune fille qui, dégoûtée du village et dédaignant l'amour d'un honnête ouvrier, facilement éprise des modes et des merveilles d'un monde brillant qu'elle ne connaît pas, mais qu'elle rêve, quitte sa chaumière et son bon François pour courir à Paris, y rencontre la nécessité, le travail improductif, la gêne, et au bout de tout cela, la séduction. La séduction, pour elle comme pour tant d'autres, s'appelle Arthur. C'est bien vulgaire encore; mais autant ce nom qu'un autre. L'éternel Arthur vaut l'éternelle Madeleine, types immuables de ces passions et de ces faiblesses qui ne changent pas plus que le cœur humain. Ce qu'il y a de plus neuf ici, c'est qu'Arthur, malgré l'égoïsme de sa passion, n'est pas un homme sans cœur, et que Madeleine, malgré sa faiblesse, n'est pas une femme corrompue. L'un se relève à demi par la pitié, l'autre se relève entièrement par l'expiation et l'amour maternel.

La moralité du roman est là : dans le châtiment et dans la manière dont il est subi. Les combats intérieurs qui précèdent la faute sont assez bien rendus. Puis, une fois coupable devant Dieu, Madeleine se retrouve : le remords l'a piquée au cœur et l'effroi la poursuit. Que faire? Le crime a porté son fruit de honte. Folle de désespoir, elle songe un moment à s'en délivrer par un autre crime; mais une inspiration du Ciel la sauve :

> Pour vaincre le démon secret qui me tourmente,
> J'approche de mon sein la bouche de l'enfant.
> O révolution de mon cœur triomphant!
> Le contact velouté de son avide lèvre,
> En murmures si doux ses cris changés soudain,
> Et les tessaillements de sa petite main
> Sur ma peau, qui frémit, ont apaisé ma fièvre.
> Dompté par cet enfant, le démon s'est enfui.
> En suspendant ainsi mon fils à ma mamelle,
> J'ai senti sourdre en moi la pitié maternelle.
> Rien qui puisse à présent me séparer de lui.

Elle s'agenouille alors devant une Sainte-Vierge et un Jésus de plâtre placés contre le mur, au-dessus de sa tête :

> Meuble pieux, malgré ses erreurs respecté,
> Seul luxe de sa chambre et de sa pauvreté;

et, se comparant avec humilité, elle coupable et souffrante, à cette mère heureuse et pure de son Dieu et de son Rédempteur, elle lui adresse, pour lui demander la force, une touchante prière, après laquelle elle se relève en disant : « Je le nourrirai. »

Elle le nourrit en effet, et se met à travailler pour lui avec courage. Ce travail qui faisait autrefois son supplice est devenu pour elle une joie. Elle se sent presque heureuse et reconnaît que Dieu ne l'a pas abandonnée...

> Humble femme, je borne aujourd'hui mon envie
> A trouver dans mon sein un peu de lait pour lui ;
> Car il est tout pour moi, tout le reste m'a fui.
> . . . .
> Je suis pâle, amaigrie, et cependant j'espère ;
> J'ai de la force au cœur et dans la volonté.
> S'il me vient quelque trouble, un seul regard jeté
> Sur toi, lorsque tu dors près de moi, tête chère,
> Me calme, et je souris...

Cependant, elle n'est pas assez punie encore : une main inconnue (c'est celle du père, mû par un sentiment de pitié cruelle) lui enlève son enfant pour le donner à nourrir à une autre femme. Nouveau déchirement, nouvelles angoisses.

> Dieu frappe sans relâche.
> Comme sur un vieux mur rampe le lierre vert,
> Le châtiment tenace à la faute s'attache.

A force de prier et de supplier, elle a fini par arracher une confidence qui l'a mise sur la trace de son fils... Mais, ô douleur inattendue ! ce fils se trouve nourri par la sœur de Madeleine, une honnête femme qui est restée dans la maison de leur commune mère, et qui ne sait point de qui elle allaite l'enfant.

> Ah ! l'expiation peut-elle aller plus loin ?
> Dans ma propre maison ! sous les yeux de ma mère !

> Le hasard ne fait point des actes de colère :
> Une justice est là...

Elle y court cependant. L'amour maternel l'emporte sur la honte; mais arrivée sur le seuil de la chaste demeure, elle tremble, elle hésite, elle attend la fin du jour pour se cacher dans les ténèbres, et envelopper sa pudeur des voiles de la nuit. Puis elle rampe en frissonnant le long des murs, elle se colle à la vitre, elle regarde avidement :

> Ah! le voilà mon ange!
> Le voilà mon enfant!...
> ....
> Le sang va m'étouffer... il m'en vient trop au cœur!

Elle entre enfin, et sans doute qu'un cri du cœur l'a trahie aussitôt; car

> Les voilà toutes deux muettes sous la foudre!
> Je suis tombée à terre et le front dans la poudre.
> De leur douleur (¹) je sens le contre-coup fatal.
> Ma mère n'a rien dit; mais, comme une statue,
> Debout, le regard fixe et tourné vers les cieux,
> Les bras roidis, je vois que la honte la tue!
> Un moment par instinct ma sœur, à cette vue,
> A repoussé l'enfant de son sein! — C'était bien;
> « Mais, sanglottai-je alors! Moi, je n'ai plus le mien! »
> Elle a repris l'enfant sans mot dire elle-même
> Et sans me regarder, mais frémissante et blême...

Cependant, après la première émotion, on lui adresse quelques mots comme par pitié. La mère, en se disant: « *C'est encore ma fille,* » l'invite même à s'assoir à la table de noyer qu'on a dressée pour le repas domestique. Madeleine refuse: elle baisse la tête, elle craint de souiller le siége hospitalier, elle se dit enfin pressée de repartir; mais la véritable humi-

---

(¹) L'auteur avait répété négligemment : *la foudre.*

lité est empreinte sur son visage, sa mère et sa sœur en sont touchées, et l'on se rapproche d'elle.

> Leurs mains ont honoré la mienne d'une étreinte,
> Et j'ai coupé le pain de l'hospitalité,
> Offert en pardonnant, en pleurant accepté.

Le pardon de la famille est donc descendu sur Madeleine repentante. François, à son tour, pardonne généreusement. Là-dessus Arthur vient à tomber gravement malade, et, avant de mourir, il répare ses torts en épousant celle que le repentir a déjà réhabilitée.

Ou nous nous trompons fort, ou l'auteur de Madeleine est un vrai poète, qui a les fibres du cœur délicates et qui sait aussi plus d'un secret de style... Mais, osons le lui dire, il est très-incomplet comme écrivain et comme homme de goût. Pour découvrir son mérite, il nous a fallu y regarder d'assez près. Ses trivialités et ses négligences ont compromis sa cause et ont failli la lui faire perdre. Heureux est-il encore de l'avoir à demi gagnée.

J'arrive à quelque chose de plus satisfaisant et, sinon d'achevé, de plus parfait. Je veux parler de quatre jolies pièces qui nous ont été adressées sous ce titre : *Scènes de la vie rustique.*

Les *Scènes de la vie rustique* sont d'un poète qui sait peindre et qui a le coup de pinceau léger, vif, peut-être trop rapide. Il fait vite et il fait bien, parce qu'il est plein de facilité; mais peut-être ferait-il encore mieux, s'il revoyait soigneusement ses œuvres, et si ses brouillons (car il semble qu'il envoie des brouillons) avaient encore un peu plus de ratures. Il n'évite pas assez les négligences et n'a pas toujours assez souci de la rime. Ce n'est pas à lui qu'il faut apprendre que *pieds* ne rime pas avec *inquiets, je dirai* avec *vrai*, ni *passé* avec *versés.* Est-ce avec intention et par affectation de simplicité qu'il glisse au milieu de ses vers quelques lignes de prose telles que celle-ci :

Ne nous rendront pas plus pauvres que nous ne sommes?

On peut être simple (et qui le sait mieux que lui?) sans cesser de versifier.

A part ces petits défauts, chacune des quatre pièces a de la valeur : *Dans l'enclos,* avec une fin un peu commune, ne manque pas de grâce, et rend avec gentillesse *le gentil printemps. La prière* a de l'élan et de l'élévation. *Le faucheur* est un doux poëme, un peu négligé, mais plein de détails poétiques, et qui renferme surtout une scène touchante, scène de *morale en action*, à laquelle on n'assiste pas sans une larme aux yeux.

Cependant, le joyau le plus précieux de l'écrin, c'est la pièce intitulée *En allant à la foire*. La plus longue comme la plus distinguée de ce recueil, elle n'est pas exempte elle-même de quelques taches; mais ce sont de ces taches qu'il serait aisé d'effacer. Elle a d'ailleurs de la vivacité, de la couleur, et se fait remarquer par un art habile à ménager les contrastes, comme à varier les rhythmes et les tons.

Mettons sous vos yeux, Messieurs, la suite de ses piquants tableaux, et, quoique un peu longue, donnons-la presque entière.

En allant à la foire.

I.

Sous les premiers rayons dont l'horizon se dore,
Marchent, par les sentiers, des groupes de passants,
Qui, foulant l'herbe tendre où la fleur vient d'éclore,
Conduisent devant eux des troupeaux mugissants.

Ils vont tous au village, où la foire s'apprête,
Le chapeau large au front, le bâton à la main,

Les uns, rêveurs, traînant le pied, baissant la tête ;
Les autres, à grands pas dévorant le chemin.

En route ! Les grelots tintent, les chêvres bêlent,
Les chiens courent, jappant à l'appel des pasteurs.
Le taureau qui mugit ! Les moutons qui se mêlent !
Quel étrange concert de confuses clameurs !

Et les rouges bouvreuils, les pinsons, les fauvettes,
Se cach*ant* par essaims dans les halliers fleuris,
Persifflent les passants qui troublent leurs retraites,
Et volent à l'entour, en confond*ant* leurs cris.

II.

En jupon court, d'un pas alerte,
La jeune femme du meunier,
Froiss*ant* à peine l'herbe verte,
Va chemin*ant* par le sentier.

Des pleurs les amères rosées
N'ont pas fané sa joue encor ;
Car des nouvelles épousées
Sur son corset pend la croix d'or.

L'amour sourit sur son visage,
L'espoir serein est dans son cœur,
L'oiseau chante sur son passage,
Et l'églantier lui tend sa fleur.

Adieu ! va donc, et bon voyage !
Puisses-tu voir plus d'un beau jour !...
Mais déjà parmi le feuillage
Elle disparaît, au détour.

III.

Excit*ant* d'un juron le trot de sa monture,
Soulev*ant* la poussière et port*ant* haut le front,
En faisant résonner son or dans sa ceinture,
Passe sur le chemin un fermier rubicond.

C'est lui qui du canton compte le plus de gerbes ;
Ses troupeaux sont nombreux, il est riche entre tous ;

Aussi, le feu jaillit de ses regards superbes.
Le maître veut passer, villageois : rangez-vous!

Il a le geste prompt et la voix insolente.
Au temps de la moisson, jamais, dans aucun champ,
Il n'a permis d'entrer à la veuve tremblante,
Pour glaner les épis échappés au tranchant.

Un jour un mendiant, chassé loin de sa porte,
Appela sur son toit la colère de Dieu,
Et sa ferme, en deux mois (la voix du pauvre est forte),
Souffrit les grandes eaux et la grêle et le feu.

Mais rebelle au Seigneur, dont la main le châtie,
Trois fois il a frappé le pauvre mendiant;
Autant qu'un monceau d'or son âme est endurcie...
Il lance son cheval dans la foule, en criant.

IV.

. . . .

Nous supprimons ici un tableau qui ne vaut guère que comme contraste, celui d'une pauvre femme en deuil de son dernier enfant, et qui pleure, agenouillée devant une croix de pierre, en tournant vers le ciel son regard voilé par les larmes. Tout-à-coup la mesure change :

V.

Ornant d'un souris sa mine enjouée,
Chargé de rubans qui flottent à l'air,
Le ménétrier jette un regard fier
En faisant grincer sa vielle enrouée.

Un garçon galant, — qui mène à son bras
Une grosse fille à fine cornette,
Et qui, sans souci, par moments répète
Un refrain d'amour, — marche sur ses pas.
Le garçon bruni, la fille vermeille,
Foulent le chemin d'un air triomphant.

Plus d'un chien aboie, et plus d'un enfant
Suit les amoureux jasant à merveille.

. . . .

. . . .

VI.

Cheveux blancs, front courbé, les pleurs à la paupière,
Un vieillard, chancelant au milieu de l'ornière,
Chemine d'un pas lourd sur le bord du fossé ;

Et marchant près de lui, la tristesse dans l'âme,
Se heurtant aux cailloux, voici sa pauvre femme
Qui fait place, humblement, au passant empressé.

Ils mènent devant eux une vache amaigrie,
Qui s'arrête, docile, à la voix du vieillard.
D'un foin bien parfumé c'est lui qui l'a nourrie,
Et de la meilleure herbe elle eut *toujours* sa part.

S'il était jeune encore, plutôt que de la vendre
Il prendrait de la peine, il *manquerait* de pain ;
Mais la misère, hélas ! ne permet plus d'attendre,
Et le vieillard a dit : « Nous la vendrons demain ! »

Du ménage, aujourd'hui, c'est la seule ressource.
Vienne, *en faisant* tinter les écus de sa bourse,
Un fermier plus heureux... et la vache est à lui !

Et la bête parfois, regardant son vieux maître,
Mugit d'un air plaintif, et cherche à reconnaître
Pourquoi loin de l'étable on l'emmène aujourd'hui.

VII.

« En route, compagnons, et marchons en cadence ;
» Le clocher de Coulange est encor loin d'ici.
» Êtes-vous si pressés [1] d'arriver à la danse ?
» Moi, des ménétriers, je n'ai guère souci.
» Vous ouvrez de grands yeux, vous avez peine à croire

[1] L'auteur avait écrit : *N'êtes-vous pas pressés ?* ce qui est peut-être moins clair,

» Qu'au souffle de l'amour mon cœur ne batte pas!

» Mais je vais vous conter tout à l'heure une histoire;

» — Tenez-vous sur deux rangs et marchez sur mes pas. —

» Un jour du mois de mai nous allions à la fête,

» Le chapeau sur l'oreille... et plus gais qu'aujourd'hui.

» L'aube de ses rayons dorait, du pied au faîte,

» Les grands chênes du bois, arrosés par la nuit.

» Au *Taillis-du-Héron* que le muguet parfume,

» Nous suivions le sentier plein de douces senteurs,

» Et les pinsons chantaient, et, dissipant la brume,

» Le soleil radieux luisait sur les hauteurs.

» En foul*ant* le gazon, en pass*ant* sous la branche,

» Je m'enivrais à flots des brises du printemps.

» Loïtza sur ma main appuyait sa main blanche,

» Et je sentais bondir mon cœur de dix-huit ans.

» Pour elle je cueillais la fraîche violette;

» Ses yeux étaient plus purs que les myosotis;

» Je préférais sa voix au chant de la fauvette.

» J'accourais chaque soir près d'elle, mes amis!

» Nous étions fiancés : bien des fois, sous l'ombrage,

» Nous nous étions juré de nous aimer sans fin...

» Mais le serment s'oublie et le cœur est volage!...

» — Marchez donc sur trois rangs au milieu du chemin! —

» Avant que le blé mûr fût rentré dans la grange,

» Loïtza m'oubliait et niait son amour;

» Et la fille aux yeux bleus, que j'appelais un ange,

» Prenait un autre amant pour *s'en* moquer un jour!

» Plus de joie! Ah! longtemps mon âme fut malade,

» Longtemps le désespoir pencha mon front songeur!

» Mais le vin pétillant, — souviens-t-en camarade, —

» Étouffe le chagrin et rend la paix au cœur.

» Les filles, voyez-vous, sont ainsi par nature :

» Insensé qui se fie à leur regard trompeur!

» Plus d'une vous attire et vous adule, et jure

» De vous aimer toujours... Son *sourire* est menteur!

» J'aime aujourd'hui les bœufs et les champs pleins de gerbes;

» Je vide un pot de vin et mon cœur est content;

» *J'aime à voir dans les prés flotter les grandes herbes.*

» Mais la danse et l'amour, je m'en raille en chantant.

» Suivez donc mon exemple et le cœur plus tranquille. —
» Bon ! voulez-vous (¹) courir ?... »

                 Sans répondre à sa voix,
Les garçons, le quittant, entraient d'un pas agile
Dans le sentier ombreux qui borde le grand bois.
Ils avaient vu passer près de là, sous les saules,
Les filles aux doux yeux, qui marchaient en riant ;
Et seul le vieux pasteur, qui levait les épaules,
Frappait de son bâton la route en maugréant !

Votre commission, Messieurs, a pensé que la pièce dont je viens de vous donner lecture mérite, à elle toute seule, une médaille d'encouragement, petit module. Lorsque l'auteur aura pris la peine de la revoir, d'en refaire quelques parties et de polir le reste (²), ce sera, dans son genre, un petit chef-d'œuvre.

Reste un drame en trois actes et en prose, intitulé : *Une conspiration sous Louis XIII,* composition qui, par sa gravité comme par sa valeur, nous a paru sans proportion avec toutes les autres, et que, pour cette cause, nous n'avons pas osé mettre dans la commune balance avec des élégies, une ballade, un roman-journal et des scènes rustiques. Notre avis est de la récompenser à part, comme une pièce qui ne ferait pas partie du concours, et de lui accorder une grande médaille d'encouragement.

C'est une œuvre, en effet, de mérite et à beaucoup d'égards distinguée, qu'*Une conspiration sous Louis XIII.* Sans doute, le sujet n'en est pas absolument neuf ; il rappelle un peu celui de *Cinq-Mars.* La disposition elle-même n'en est pas toujours originale : elle imite en plusieurs endroits celle de Victor Hugo ou de Casimir Delavigne, dont la mémoire d'un de mes

(¹) L'auteur avait écrit, en répétant le mot *donc,* et d'une manière un peu obscure : « *Voulez-vous donc courir ?* »

(²) De diminuer surtout, pour alléger ses vers, le nombre des participes présents.

habiles collègues a saisi plusieurs réminiscences. Le style enfin et la versification sont loin d'en être irréprochables : nous y avons noté plus d'une impropriété choquante, des incohérences de figures singulières, des rimes pauvres, des vers mal coupés à l'hémistiche, des locutions vulgaires, quelques remplissages et un grand abus du mot *l'Éminence*. Mais au milieu de tout cela, nous avons reconnu des qualités précieuses : l'entente de la scène, une charpente habile, des scènes bien filées, un dialogue vif et naturel, enfin un talent dramatique que n'aurait pas de peine à faire valoir, sur un théâtre, une troupe d'acteurs exercés.

La conspiration dont il s'agit est, on le devine, une conspiration ourdie contre Richelieu par une partie de la noblesse française, jalouse de sa toute-puissance. L'âme du complot est Marie de Rohan, duchesse de Chevreuse; le bras, Henri de Talleyrand, comte de Chalais, grand-maître de la garde-robe, qu'un fol amour entraîne à sa perte, sur les pas de la galante Marie. Chalais et ses complices essaieraient volontiers du guet-apens et d'un coup d'épée; mais la duchesse ne veut pas de sang; on a donc recours à l'intrigue, et pour ruiner le cardinal, on s'assure du concours de la reine-mère, Marie de Médicis. Par malheur, la vengeance d'un traître vient à la traverse du projet des conjurés : le comte de Louvigny, ancien amant rebuté de Marie de Rohan, en a surpris le secret; un message intercepté par lui tombe entre les mains de Richelieu, et au moment où le roi, habilement travaillé par Chalais, pressé encore par la reine-mère, qui exige l'exil de son ancien favori, cède et va signer un ordre d'arrestation contre ce ministre, le Cardinal paraît, montre la lettre accusatrice et fait trembler ses ennemis confondus. Non-seulement il ressaisit son pouvoir, mais c'est Louis XIII qui le supplie lui-même de le reprendre et de le garder. Médicis alors se retire, les conjurés se dispersent, et Chalais, envoyé seul devant un tribunal, est condamné à mort. En vain Richelieu lui offre-t-il sa grâce au prix d'une calomnie qui compromettrait Gaston et la reine: le conspirateur la repousse avec fierté et se relève par sa fidélité à l'honneur. La clémence du roi, qui n'a cessé de l'aimer, pourrait bien le sauver encore; mais Louvigny, que la jalousie a fait son ennemi mortel, emprunte, pour le noircir, la main d'un faussaire, et détourne la pitié de Louis, prêt à pardonner. Un moment on peut espérer que le bras du bourreau, acheté par les amis de Chalais, donnera à la colère royale le temps de s'apaiser; mais la haine de Louvigny a payé au bourreau une surenchère, et la victime dévouée tombe, non sans entraîner avec elle le châtiment de son assassin.

Cette fin du drame, avouons-le, nous a paru compliquée, obscure et par trop mélodramatique. Nous regrettons aussi que les principaux personnages de la pièce y soient un peu sacrifiés sous le rapport de l'intérêt. Chalais seul intéresse, et encore n'intéresse-t-il qu'à demi. En revanche, la faiblesse de Louis XIII, esclave couronné de son ministre, la hauteur inflexible de Marie de Médicis, l'ambition et l'adresse politique de Richelieu, sont peintes avec bonheur et parfois de main de maître. Parmi plusieurs scènes remarquables, signalons surtout la cinquième, la sixième et la septième du second acte, qui est, sans contredit, le meilleur des trois. Un de mes honorables collègues, dont la voix vous est bien connue et sympathique, M. Jules de Gères, va, pour suppléer à mon insuffisance, vous en donner lecture.

Une Conspiration sous Louis XIII.

ACTE DEUXIÈME.

SCÈNE V.

CHALAIS, LE ROI.

CHALAIS. *(Il a l'air préoccupé et ne revient à lui qu'au bruit qu'il entend.)*

Le sort en est jeté !

(La porte du fond s'ouvre.)

LE ROI. *(On entend sa voix.)*

Je ne reçois personne !
Il suffit !... je le veux, au besoin je l'ordonne.
(Arrivant sur le théâtre.)
Le Roi veut être seul...

(Apercevant Chalais.)
Comte, c'est fort heureux.
Je vous retrouve.

CHALAIS.

Sire... un devoir odieux...

LE ROI.

Des devoirs !... des devoirs !... c'est *sur eux qu'on s'appuie.*

CHALAIS.

Oh ! Votre Majesté !...

LE ROI.

Ma majesté s'ennuie.
(Il s'étend sur le lit de repos, Chalais est respectueusement debout
devant lui.)
Elle est depuis hier livrée au Cardinal,
Qui, croyant me donner un passe-temps royal,
Me parle d'Angleterre ainsi que d'Allemagne,
De l'Autriche surtout, quand ce n'est pas d'Espagne ;
Des meneurs du Poitou, des troubles que l'on dit
Fomentés par Rohan, l'homme au cœur de granit,
Qui voudrait nous forcer d'acheter sa vaillance...
(Se redressant.)
Comme si les héros étaient rares en France !
Et qu'un seul cri d'appel, au moment du danger,
N'en *faisait surgir* cent pour un *à* l'étranger !

CHALAIS.

Mais son frère Soubise...

LE ROI, *s'étendant de nouveau.*

Assez de politique ;
Le Cardinal en *a seul* la libre pratique,
Il en abuse fort... surtout à mon endroit.

CHALAIS.

Sire, j'avais pourtant un seul mot...

LE ROI.

Allons, soit;
Parlez, Comte, parlez.

CHALAIS.

Thémine, avec instance,
Pour son neveu de Pons, voudrait la survivance
De ses charges, honneurs...

LE ROI.

Ses services, je crois,
S'il m'en souvient, Chalais, datent de Henri Trois.
Mon père put aussi se louer de son zèle.

CHALAIS.

De Votre Majesté la mémoire est fidèle.
Alors je puis répondre au vaillant maréchal...

LE ROI.

Il faut que j'en confère avec le Cardinal.
Plus tard, Comte, plus tard.

CHALAIS.

De votre confiance
Il a reçu le gage avec reconnaissance :
Il sait qu'il doit au Roi, mais au Roi seulement,
D'être encor aujourd'hui dans son commandement;
Mais il craint que plus tard...

LE ROI.

Il craint! Que veut-il dire?
Ma parole royale...

CHALAIS.

Et le Cardinal, Sire?

LE ROI, *se redressant.*

Comte, le Cardinal!... Vous verrez, sur ma foi!
Qu'on le fera bientôt plus puissant que le Roi!
Les honneurs qu'on lui rend, l'éclat qui l'environne,
Dépendent-ils de lui, du hasard, ou du trône?
Si je laisse parfois dans les mains du prélat
Tomber négligemment les rênes de l'État,
Je veux bien qu'on le sache, au moment de l'orage

4

Je sais les ressaisir, mais alors sans partage...
Qui reçoit mes bienfaits n'a rien à redouter,
Si ce n'est de Dieu seul !

CHALAIS.

Qui pourrait en douter ?
Mais si le Cardinal au Marquis fait réponse...

LE ROI.

Le Cardinal se tait, quand le Roi se prononce !
(Il fait quelques pas vers une fenêtre et regarde.)
La Bretagne est peu gaie...

CHALAIS, *qui s'est approché.*

Et son ciel est bien gris !
Seul point de ressemblance avec notre Paris.
Chassez-vous par ce temps, Sire ?

LE ROI, *d'un air distrait.*

Comte, sans doute,
Si nos limiers surtout ne font pas fausse route,
Comme nous l'avons vu. C'était pitié, Chalais !
Parlez-moi de chasser sur des coureurs anglais...
(Il fait encore quelques pas; puis, comme se parlant à lui-même.)
La noblesse conspire avec Rohan, Soubise,
Et voudrait allier mon frère avec les Guise !
Par Saint-Louis ! il faut extirper sans retour
Ce vieux levain de ligue *à la mode à* la cour !

CHALAIS, *à part.*

Le temps est à l'orage... et c'est moi qui l'essuie.
Est-il rien d'ennuyeux comme un roi qui s'ennuie ?
LE ROI, *qui s'est remis sur le lit de repos.*
La nouvelle du jour ?

CHALAIS.

Cela devient banal...
On ne fait que partout résonner Cardinal,
Quelquefois huguenot, depuis qu'à La Rochelle
Soubise a des combats rallumé l'étincelle,
En surprenant Blavet...

LE ROI.

Passons, Comte, passons ;
Ces faits sont déjà vieux, et nous les connaissons.

CHALAIS.

De Messieurs de Vendôme on plaint la destinée...
On les croit innocents, purs de toute menée
Contre la sûreté du trône et du prélat.

LE ROI, *embarrassé.*

Comte, n'en parlons plus... c'est affaire d'État.

CHALAIS.

On s'occupe beaucoup d'une certaine histoire...
Mais ce que j'en rapporte est pour simple mémoire.

LE ROI.

Continuez, Chalais.

CHALAIS.

Oh! moi, je n'y crois point...
Il n'aurait pas osé s'avancer à ce point!

LE ROI.

Mais qui?

CHALAIS.

Le Cardinal.

LE ROI, *d'un air curieux.*

J'écoute, mon cher Comte...

CHALAIS.

Ce n'est qu'un bruit de cour, Sire, que je raconte.
Sans doute en politique il faut tout prévenir
Et d'un œil scrutateur pénétrer l'avenir.
Le Cardinal est maître en pareille matière
Et sait des coups du sort détourner la colère.
C'est *l'écho de la cour qui parle par ma voix*...
On prétend qu'un abbé, fameux par des exploits
Dont le ministre seul reconnaît l'importance,
Certain jour, de Monsieur surprit une audience,
Et lui parla beaucoup du Roi, d'hérédité,
Du bonheur de revivre en sa postérité ;

4*

Dit que rien n'affermit puissamment la couronne
Comme un royal enfant sur les degrés du trône...

LE ROI, fronçant le sourcil.

Ah!

CHALAIS.

Le prince comprit, Sire, le grand dessein
Que le Cardinal-duc voulait cacher en vain.
Votre frère, on le sait, lui fut toujours hostile,
Et le ministre *adroit, en politique habile,*
En proposant au prince une épouse aujourd'hui,
Voulait se ménager sa faveur, son appui.
Il ne voit en Monsieur que l'héritier du trône,
Renvers*ant* le minis*t*re *en prenant* la couronne!

LE ROI, d'une voix brève.

Que répondit Gaston?

CHALAIS, souriant.

Que Votre Majesté
Pourvoirait quelque jour à sa postérité.

LE ROI, d'une voix sombre.

Des Bourbons on verra, dans l'histoire des âges,
La branche des aînés morte *aux premières pages!*
Un fils, Chalais, un fils!... et son père orgueilleux
Saurait lui préparer un règne glorieux!
Savez-vous quels soucis me poursuivent sans trêve,
Et dans d'horribles nuits ce que parfois je rêve?
(Se levant et s'approchant de Chalais.)
Dans ces sinistres nuits sais-tu ce que je vois?
De Gaston, de mon frère, une suite de rois!
Tous issus de son sang!... tous régnant sur la France!...
Étalant sans pitié devant moi leur puissance!
Devant le roi!... le fils aîné du Béarnais!...

CHALAIS.

Fantômes de la nuit!...

LE ROI, avec égarement.

C'est qu'ils régnaient, Chalais!
Ils régnaient!...

CHALAIS.

Oh ! le prince...

LE ROI.

Il l'a pensé peut-être !

(La Reine-mère paraît, le Roi s'assied, et ironiquement, sans la voir) :

Monsieur le Cardinal craint de changer de maître !

SCÈNE VI.

Les mêmes, MARIE DE MÉDICIS.

(Chalais se retire au fond de l'appartement et a l'air de veiller à ce que personne n'entre.)

MARIE DE MÉDICIS.

Il a raison, mon fils !... La noblesse, aujourd'hui,
A la faveur du Roi préfère son appui.
Il a raison ! Tout cède à son pouvoir suprême.
Pour tous vos favoris *l'avenir fut fatal...*
C'est à qui grossira la cour du Cardinal.

(Elle s'assied.)

LE ROI.

Ma mère !

MÉDICIS.

Ah ! par le ciel ! je saurai tout vous dire.
Écoutez-moi, mon fils !... Oh ! vous m'entendrez, Sire !
Trop longtemps j'ai senti bouillonner dans mon cœur
L'élan (¹) tumultueux d'une sourde fureur !
Ah ! laissez *déborder* (²) ma dignité blessée !
Ma dignité de Reine et de mère offensée...
Si votre cœur, mon fils, était fermé pour moi,
Je vous rappellerais la promesse du Roi.

LE ROI.

Ma promesse ! ma mère...

MÉDICIS.

Elle fut solennelle.
Je m'en souviens, Louis, et je vous la rappelle.

(¹) L'auteur n'aurait-il pas dû dire : *le flot ?*

(²) Ah ! laissez *donc parler...*

Ce que promit le Roi, mon fils l'oublierait-il?
(Se levant.)
Sire, du Cardinal je demande l'exil.

LE ROI.

Eh bien! soit! j'y consens, et vous verrez, Madame,
Si les serments du Roi sont gravés dans son âme!
Mais le soin de l'État et du gouvernement
M'ordonne d'y porter quelque ménagement.
Certain de le punir, *il n'importe* d'attendre;
Madame, sans effort vous allez le comprendre.

MÉDICIS.

Attendre, dites-vous! Je connais du Plessis :
Un seul de ses regards vous rendrait indécis.
Attendre! Et vous voyez la Reine, votre épouse,
Fuir dans l'isolement une haine jalouse,
Dont les tristes effets rendent la royauté
Sans prestige pour vous, faute d'hérédité!
Oubliez-vous qu'un prêtre, attisant *cette haine,*
Sut rompre les anneaux d'une si douce chaîne?
Attendre! Et les partis, qui grondent sourdement,
Semblent, pour s'ameuter, s'unir au parlement!
Attendre! Et vous voyez mon front dans la poussière!
Sire, une Médicis!... une reine!... une mère!...

LE ROI.

Vous avez mon serment; je saurai le tenir.
Reposez-vous sur moi du soin de le punir.
Oui, quelques jours encor...

MÉDICIS.

Pas une heure, non, Sire!

LE ROI.

Ma parole royale aurait dû vous suffire,
Et je crois...

MÉDICIS.

Pas une heure! Avez-vous oublié,
Mon fils, par quel serment vous vous êtes lié?
La mort semblait déjà vous couvrir de son aile,
Chaque jour vous portait une douleur nouvelle,

Chaque jour nous semblait pour vous sans lendemain...
On implorait le Ciel... Hélas! c'était en vain!
Sire, vous frémissez!... J'en appelle à vous-même,
Quel serment fîtes-vous dans cet instant suprême?
L'avez-vous accompli?... Répondez sans détour.
Craignez qu'il soit trop tard...

LE ROI.

　　　　　　Un jour, ma mère, un jour...

MÉDICIS.

Pas une heure! Eh! voudrais-je *oublier* ma vengeance?
Oubliez-vous le Ciel que ce retard offense?
　(Posant sur la table un ordre d'arrestation et le montrant au Roi.)
Veuillez lire cet ordre, et, si vous le signez,
C'en est fait du ministre... Alors, seul vous régnez.

LE ROI.

Madame, il faut songer... il fut parfois utile...
Quel crime a-t-il commis, enfin, pour qu'on l'exile?

MÉDICIS, *montrant un poignard au Roi.*

Regardez ce poignard... A son acier terni
On voit encor du sang! le sang de Concini!
Ce fer, que Richelieu saurait bien reconnaître,
Par lui-même fut mis entre les mains d'un traître.
Je le lui renverrai!... Lui, n'a pas hésité!

LE ROI.

Ma mère, pas de sang!

MÉDICIS.

　　　　　　Qu'il soit donc arrêté!

LE ROI; *il regarde l'ordre et reste un moment indécis.*
Je ne vois pas le nom...

MÉDICIS.

　　　　　　Le nom du traître? Sire...
　(Avec joie.)
Je réserve à ma main le bonheur de l'écrire.
　(Elle met une plume entre les mains du Roi, qui la regarde fixement,
　　ainsi que le poignard qu'elle tient.)

LE ROI, *montrant le poignard,*

Pas de sang!

MÉDICIS.

Soit, signez !

(Au moment où le Roi va signer, la porte secrète s'ouvre, le Cardinal
paraît, le Roi laisse tomber la plume, Médicis le poignard. Moment
de stupeur.)

SCÈNE VII.

Les précédents, RICHELIEU.

LE ROI.

Enfer !

MÉDICIS.

Oh ! le maudit !

CHALAIS, *au Roi, et la main sur la garde de son épée.*

Sire, j'attends un mot, un seul, et tout est dit.

RICHELIEU, *à part, le regardant d'un air sombre.*

Je ne l'oublierai pas !
                         (Ramassant lentement le poignard.)
                         C'était ma récompense !
Oui, voilà bien les rois et leur reconnaissance !
     (Au Roi.)
De toutes ces lenteurs qu'est-il besoin ici ?
Vous avez un poignard qui frappa Concini !
Assurez d'un seul coup la liberté du trône :
Lorsque l'on a du fer, est-ce qu'on emprisonne ?
     (Montrant au Roi sa poitrine et le poignard.)
Frappez, Sire, frappez ! et sans doute demain
Renaîtront les partis qu'étouffa cette main.
Frappez, Sire ! Écoutez la fougue maternelle :
Vous régnerez bien mieux, courbé sous sa tutelle !
Frappez, Sire ! Les grands, reprenant leurs débats,
Reviendront en champ clos disputer vos États.
Frappez ! Des parlements la victoire assurée
Refera du Pouvoir une noble curée...
Les services rendus ! *Éclat* faux, mensonger !
Ce n'est que le hasard qui contient l'étranger !
Si l'Espagne nous craint, c'est pure fantaisie !
L'Allemagne se tait... c'est qu'elle nous oublie !

D'un ministre inutile affranchissez le Roi!
Et le trône et l'État n'ont plus besoin de moi!
Frappez, Sire, frappez!

(Faisant un pas vers le Roi.)

Ma vengeance était belle,
Si j'étais, comme on croit, un ministre infidèle,
Plus occupé du soin de *sa* propre grandeur
Que de servir toujours l'État avec honneur!
Sire, prêt à quitter la cour et ses tempêtes;
Prêt à chercher ailleurs de plus sûres retraites,
Moi, ministre déchu, je *le* veux et je dois,
Aujourd'hui, vous servir une dernière fois.

(Présentant au Roi une lettre.)

Lisez, Sire, lisez.

LE ROI, *après avoir lu.*

Oh! trahison!

CHALAIS, *bas à la Reine.*

Madame!

Cet écrit?...

MÉDICIS, *à part.*

Ah! le trouble a pénétré mon âme!

RICHELIEU.

Je remets les pouvoirs que Votre Majesté
A confiés jadis à ma fidélité.
J'ai des grâces à rendre à votre auguste mère :
Par elle je retrouve un repos nécessaire,
Repos que mon esprit espérait quelque jour
Trouver loin des écueils si nombreux à la cour.
Qu'importe la splendeur *qui d'un faux éclat brille?*
Puisque vous le voulez, régnez, Sire, en famille.

(Il fait quelques pas pour sortir.)

LE ROI.

Un instant!... Demeurez, monsieur le Cardinal.

CHALAIS, *bas à la Reine.*

Tout est perdu, Madame!...

La scène suivante renferme encore d'heureux traits; mais

il faut savoir s'arrêter. Vous en avez entendu assez, Messieurs, pour apprécier la réalité d'un mérite qu'à la vérité le lecteur n'a pas desservi, et vous ne vous étonnerez pas de la récompense flatteuse que la commission propose. Si l'exécution eût été plus irréprochable, si l'originalité du fond eût mieux répondu à l'habileté de la mise en scène, ce n'est pas une médaille d'argent, c'est une médaille d'or qu'elle eût proposé.

Et maintenant, Messieurs, me voici arrivé au terme de ma tâche. Le concours dont je viens de vous rendre compte nous avait, à la première vue, semblé assez médiocre. Les défauts saillants de la plupart des pièces soumises à notre examen et les imperfections des meilleures elles-mêmes avaient pu causer cette illusion. Mais, en y regardant de plus près, nous en avons jugé plus favorablement. Les preuves de talent que nous avons recueillies sont si réelles et si nombreuses, qu'à tout prendre nous estimons la récolte de cette année satisfaisante, plus riche sans doute en promesses qu'en épis mûrs, mais pleine au moins d'espérances... pour l'avenir.

Puisse votre rapporteur, Messieurs, n'avoir pas trompé les vôtres ! Puisse sa critique avoir été aussi judicieuse qu'impartiale, et la férule d'Orbilius avoir frappé juste, sans frapper trop fort, pour avertir la faiblesse et faire sentir la faute sans décourager le talent!

www.ingramcontent.com/pod-product-compliance
Lightning Source LLC
Chambersburg PA
CBHW061708180626
46818CB00003B/1312